JN200822

歌集

ゆうすげ色の月

江森節子

ゆうすげ色の月＊目次

歌集　ゆうすげ色の月

若き日のラボ

瑠璃色の凜々しき顔に胸開き湖水を進む鴨の矜持よ

草原に茅花を見つけガムのごと友と嚙みたり遠き春の日

由布岳の暗き谷間の樹下に咲く山芍薬の白きに会えり

くれないに檀(まゆみ)は小(ち)さき実を結び午後の陽に照る大阿蘇は秋

水の面に白く散りゆく四照花(やまぼうし)瀬音さやげる流れに浮かぶ

パリで見し秋空のごとく咲きにけり西洋朝顔(ヘブンリーブルー)の天上の青

見はるかす風に靡けるネコジャラシ茶色の帽子に秋の陽やさし

もみじ葉をたまゆら乗せてゆく水にわが来し方を重ねてひとり

花や葉を踏みしだかれても地を這いて空を見上げる雀の帷子（かたびら）

山吹の茎の鉄砲飛ばしたり理科実験のわが事始め

キシレンの鼻突く匂い懐かしくラボを思えば鼻むずむずと

試験管振りつつ眺むる中庭に銀杏の実は零れこぼれて

夜の更けに研究室の灯は消えず黙々と励みし白衣のわれら

薬液に穴の空きたる白衣着て実験に挑みし若き日のわれ

実験を終えて見上げる秋空に鈴懸の実を拾いたるかな

ふるさとの野の風草はむらさきを帯びて広がる秋の匂いに

「我らより情熱を奪う処理水」と海を見つめて漁師呟く

食べられぬ魚の涙は海に満ち処理水という人為に苦しむ

一畝の空芯菜（くうしんさい）を食む鹿を恨まず友はまた種を蒔く

火の色に燃え立つ葉鶏頭(かまつか)苦しみてかなわぬ思い捨てし日のあり

親鳥の翼の下に鴨卵(かりのこ)はありたれど消ゆ　獣食みしか

みどり子のぬくもりほのかに思い出す唇に吾が乳の香のして

オリオンまで五〇〇光年小(ち)さき子の手を引いて仰ぐ夜空がありぬ

手のひらに掬いし竜の落とし子の尾を振るさまを子らと見つめき

千代紙を三角に折りし魔法船定まらぬ国の針路に似たり

如来の壺

トリカブト花のむらさき美しく毒を知らざる店先に並ぶ

待ちわびる患者の顔の浮かびきて夫の訪問診療に随(したが)う

鳴り響く夜更けのコール喘息の患者は我に苦しみを言う

新しき薬を調べ病む人に如来の壺のごとく渡しぬ

微かなる風にも揺れる天秤にこころして量る微量の劇薬

夜中でも病む人の許に急ぎたる夫の傷多き往診鞄

生の声無性に聞きたし子や孫の返信の文字をスマホに見つむ

遥かなるものに心を遊ばせるしばらく夜空の藍甕を見て

満月を迎えるごとく仰ぎつつ月の利権の争い悲し

九重の空

気づかれぬように目蓋をそっと開け花の蕾は春をうかがう

草の芽の種皮をぬぎゆく時間あり春隣なる大空の下

午後二時にヒツジグサ咲く湿原の小さな花の時間を歩く

はつなつの扉を開けて歩み出す青葉のさやぐ欅の下を
昏みゆく道の向こうにしろじろと白木蓮(もくれん)咲いて寂しさの和ぐ

虫の音の鉦（かね）打つような　白萩のしだるる辺りか夜の静寂に

東欧に果てし命のおびただし向日葵畑を逝く雲がある

足裏(あなうら)を浸して渚に佇めば子どものように波の寄りくる

ジャワ島に捕虜となりたる父ありて会いたかりしよ蜩(ひぐらし)鳴けば

道端にヒメムカシヨモギを見つけたり食料とせし戦後は遠く

山路来て白きノリウツギの木の間より夫と見たりき空の青さを

ススキの穂風にほどけて飛び立てば秋の光にわれも手を伸ぶ

月冷えてこの寂しさをいかにせん由布岳は亡き父の面影

うす青くひっそりとラプンツェル咲く幽閉されし少女の名もつ

ラプンツェル……グリム童話の少女と同名

あおあおとデルフィニウムは咲きのぼり天空めざし雲になりしか

干し草の香りのような犬を抱き顔をうずめて冬の陽の中

おのこごは西瓜の種を呑みこんで「ぼくのおなかで芽がでる」と泣けり

ちらし寿司

一日の診察終えて疲れたる夫を喜ばすわがちらし寿司

天ぷらは玉ねぎ烏賊(いか)が好みなり「衣がカラリだ」と褒めつつ食みぬ

遠来の客をひき連れ中洲へと夜更けに屋台のラーメンめぐる

今はむかし夫と旅せしローテンブルグ窓々にゼラニウム咲きたり

つゆ草にしずく滴る　七月の空へ吸わるるごとく君逝く

「お母さん泣きたい時は泣くのだ」と焼き場でふいに娘言いたり

涙せし日もしっかりと見つめいし父のごとしも庭の老梅

医の仕事こよなく愛し慕われぬ笑まいし遺影と幾たび語る

メメントモリ清しく生きたし一輪の庭の蠟梅寒風に佇つ

きりぎしに立ちて眺むる夕空よ夫を亡くしてうずく心に

捨てられぬその一は紺の背広なり洋服ダンスに夫を偲びぬ

亡き夫が我に贈りし首飾り白珠(しらたま)ひと粒ひと粒選(え)りて

夕光(ゆうかげ)にかなたかげりてゆく海にかすか浮かびくる白き灯台

愛された記憶は満ちて遠白く海のはたてに灯台浮かぶ

埋み火のぬくもりに触るる心地せり亡き夫を想うただそれだけで

花合歓や露草の花が祝いたり非在の夫との金婚の宴

慰むる言葉なけれど朝あさに語る遺影の夫の和顔施(わがんせ)

木犀の香

ひい、ふう、みい、お手玉数える祖母の手よ慈しまれつつ我は育ちぬ

秋されば十五の我を懐しむ未来の夢を雲に語りき

マロニエの葉陰に坐る老い人にときめきぬ亡き夫に似たれば

あがきても我が人の世のかけ違いどうにもならず橋を渡りぬ

夕闇の港に浮かぶ一艘の小舟の灯りに寂しさの和ぐ

さくらばな舞いながらやがて闇に消ゆ古城の夜の春の夢かな

おむすびに花びらはらはら散りかかる亡き夫と食みしあの日の味よ

しじみ汁すすりて温し宍道湖のしろがねの波を亡き夫と見き

えごの木に登りて油蟬を採る少年と網をかざす八月

窓あけて招き入れたし凛とした空気漂う十三夜月

山陰の野襤褸（のぼろ）菊咲く秋の夕悲しみを棄てにはるか来たれど

アメリカの少女と交流して

短歌のメール今日も待つ浴衣着て太宰府めぐりしアメリカの子の

野焼き後の焦げ色残る茅の根の傍に見つけし黄すみれの花

あおあおと翡翠葛のしだれ咲く天より降（くだ）りくる蝶のごと

弟切草（オトギリソウ）かなしき名もて夏空の野辺に咲きたり屈んで眺む

山茶花の花の散り敷く秋の日の赤きじゅうたんに転(まろ)びたるかな

いずこより我呼ばれたる心地して庭に出たれば木犀香る

大濠の観月橋のユリカモメ赤き嘴に紅葉を連れて

風さわぐ海辺にできた風紋は無数の優しき砂の皺なり

海またぐ大鳴門橋のうず潮のさかまく青に心奪わる

雨戸より微かに射し込む陽のひかり救いのごとし拘りを捨つ

空の門

亀の子は卵を破りて歩み出す大海をめざす二万の命

なずなの実揺らせば音のかそけくて友と聞きたり小人の音を

春の野のカラスノエンドウ見るたびに夫の鳴らせし草笛きこゆ

アメリカを覆う日本の葛（くず）ありぬモンスター葛なんて呼ばれて

手櫛にて大宮人も髪に塗る美男葛（びなんかずら）はわが庭に輝る

カタバミの葉もて磨きし硬貨より光あらわる孫と遊べば

太宰府の神苑に贈りし紅梅を春来れば思う今年も咲くや

張りつめて一日(ひとひ)終えたる医者の娘(こ)が花を持ち来ぬ我が生まれ日に

夕闇に灯りの一つ点りたり独りしゆけば寂しさの和ぐ

秋風は水引草を渡りゆく紅き小花をしばしば揺らし

半世紀手元に持ちたる臍の緒を渡すありがとう息子に生（あ）れて

手に取れば微笑むごとくあたたかし夫の作りし薄茶の湯のみ

一葉ずつもみじ散り敷く寺庭に水琴窟の音のさやけし

牛膝（いのこずち）くっつけてゆく野の道にふとよぎりたる残世の時間

すげ笠を被りて舞えるうす紅の踊子草に春は蘭けゆく

虫眼鏡近づけて見れば腐葉土に紛れて俯（うつむ）くキンチャクアオイ

ひっそりと侘助の花咲いており独り住む家の寂しさを吸う

空の門ゆるみて雪のなだれ落つたじろがず立つ柊清(すが)し

鰍笛鳴る

古里の樗(おうち)の花のかぐわしさ教えし母はすでに在(いま)さず

背なに聞く川のせせらぎ山峡を歩まんとすれば鰍笛（かじかぶえ）鳴る

たらちねの母は逝きたり寒空に白い椿がぽとんと落ちて

夜の闇に青葉梟鳴くふたすじの声の聞こゆる父母の恋し

ゆっくりと海辺を歩む老夫婦あなたのいない秋の夕暮れ

何かいま小さきもののよぎりたり窓に紅梅の花びらひらり

やっと会えたあなたの不在を責めており目覚めて悲し夫は逝きたるに

なだらかなかなたの丘まで咲き被い白ツメクサの淡き靄（もや）立つ

蚕にはコロナを滅ぼす力あり九大の後輩たちが見いだしぬ

誰も居ぬ公園にただゆっくりと風に揺れおりブランコの嘆き

ゆく春やアカミミガメも睡蓮も風に吹かれる葉桜の下

レンギョウの花群れにくる蜜蜂の微かな羽音おりおり聞こゆ

おのが死を思い煩うことのなき小雀と仰ぐ空の青さよ

子ども食堂

石畳のすきまにそっと顔を出すイヌフグリだね春に触れたり

二合ずつ袋に入れて子どもらに米を配りぬ今日の夕餉に

米作る人の優しさ届きたり　食待つ子らのための米俵

賞味期限と消費期限を使い分けフードバンクの食料届く

市場にて残りし野菜配られるSDGs子ども食堂

七人に一人の子ども貧困のニュースの後のハロウィン虚し

子ども食堂子らの眼輝くクリスマス「こんなにたくさんもらっていいの」

頼られて三十人の飯を炊く子ども食堂に初雪の降る

菜の花の花から花へと蜜を吸うカナブンの羽音春日うららか

ゆうすげ色の月

ゆうすげは君と見し花その色に月が浮かびて地球を悲しむ

夏祭り母の縫いたる浴衣着て共に踊りし友らは何処(いずこ)

暖冬で潮(うしお)の変わり魚等はあわれ父母(ちちはは)の岸に帰れぬ

獣（けだもの）に踏まれたりしかあら草の蔭の露草は青く滲めり

乾きたる心を満たすもののなく散り敷く沙羅の白きを見つむ

ひとひらの手紙にこめて励ましぬアラブの貧しき男の子の夢を

音信の途絶えし友よ　鬼百合も庭に咲いたよお元気ですか

熱風の流れのままに揺らぎおり羽毛のごとき合歓の花びら

花底にくれないい滲むさくらばな花の終わりを知りて哀しき

たまゆらに夫の姿の浮かびきて桜吹雪の中に消えたり

山法師白く覆えるせせらぎの川音(かわと)静かに花の散りゆく

散りながら風にほどかれ揺れているうすむらさきの霜月の菊

老いの身に沁みる寒さよ献血を呼びかけて立つ雪の天神

さくらさくら枝を離れるひとひらのたゆたう風に続くふたひら

木々共に語り合うごといっせいに花びら飛んで風に遊びぬ

シーソーはわずかに風にゆれており散りゆく花を静かにのせて

桜草の原生したる春の野に花盗人のありて悲しき

銀色に光る穂先を食みしかな茅花流しにふる里を恋う

瀬戸内の島々めぐる釣り舟に揺られて父と過ごしたる夏

うす青に夏草揺れる文様の絽の着物あり妣のひと世の

夕月のかかる浜辺に流れくる風の連れたる浜木綿の香り

またの名を地獄の釜の蓋というキランソウ咲きて閻魔の休日

博多雑煮

かの人の子供も孫も患者さん薬渡しし我が四十年

あかね雲ひろがる下に子どもらと影ふみをしき夢のごとしよ

松風の海辺の家に集いたり一年分のおしゃべり持ち寄り

突っ張りし面影はなく白衣着て白髪生え初むる息子を見上ぐ

博多駅懐かしきかな　差し入れに冷凍みかんを我はもらいぬ

手鏡に手櫛で梳けばまだ残る女性をはつか確かめており

曼珠沙華を愛でし夫の仏前にかかえきれない野摘みの束を

夕月や銀の波立つ芒野に秘めやかに笑みて咲く月見草

赤き花咲かせていたる翁草もう庭になく髭の恋しき

椎の木も欅も楠も若芽出で楽しそうなり青しぐれ降る

茎を折り友と齧りし虎杖（いたどり）のよみがえりくる酸っぱさ懐かし

百日紅咲けば狭庭に卓を出し亡き夫と話す珈琲入れて

垣根越え隣人のごとく顔を出す花ホトトギスのそばかす可愛し

雷山千如寺の四百年の大楓紅蓮のごとく炎えたちており

赤き実をいつ付けたるかヤブコウジ樹下にひそみて己を出さず

茜雲暗くなりゆき夕星(ゆうずつ)のようやく輝く空の恋しき

球なせる八つ手の花の白さゆえほのか明るむ冬の裏庭

螢草はつなつの野の草陰に「ここよ」と咲けりいじらしき青

しだれ咲く萩の白花さやさやにさやぐようなり夫を想えば

紫の螢の如く野に咲けるヒゴタイを見ん夫に逢えるか

神託を持ちて留まるや香椎潟の鳥居に一羽鷺の動かず

ようこそ

障子越しに西日の入りてくるところ夫の写真のあれば振り向く

はつなつの青葉の闇に憂鬱のギフテッドの母たくましくあれ

弁天様に会いにゆかんか椿散る名島の社(やしろ)に独りの我は

植木屋は一心不乱に剪定す背中に百合の花粉をつけて

若き日にミニスカートが流行りたり我も博多を闊歩したりき

陽だまりにこぼれ落ちたる団栗を手の窪に載す祈りのごとく

つれづれに三日月山から吹く風が微かに頰を撫でてゆきたり

鳴き声で言葉伝える四十雀ヒト語を話す人間に似て

みどり子のごとく銀杏は芽吹きたりようこそ空へ我も背伸びす

庭隅にぽろぽろ零るるガマズミの赤き実撫でれば秋の陽ぬくし

糸蜻蛉野分の後の細枝にようやく羽を休みておりぬ

兎らは頭寄せ合い春の野に我が摘みたるハコベラを食む

むらさきに熟れしイヌビワふふみつつ物の乏しき戦後を思う

リビングの紫陽花に潜み斧かざすカマキリの子は睨みきかせて

そこここに桐の落ち葉は乱れ散り庭掃く僧の高下駄響く

誰かの記憶に

山路越え光射しこむ泉あり手のひらに掬う春の真清水

罅割れて崩れゆきたる氷山に飢えし子熊の眼の色哀れ

街路樹は地に踏ん張りぬにじみたるように熱気を帯びゆく都市に

夫や子とおせちを囲んだ遠き日よゆっくりと食ぶひとりお雑煮

木目込みの雛の鼻は欠けておりいかなる吾子(あこ)の難を受けしや

庭隅に小(ち)さき花火のごとく咲くヤツデの花は我を慰む

亡き夫を想えば風は頬を撫づ我も誰かの記憶に生きるや

はなびらのうえにはなびら我が上にうすくれないの花の雲湧く

包まれてみどりごのよう　花水木の枝に三つの春まつ幼芽

下関の灯にむせびたる母ありき我を宿して国境を越え来ぬ

母の愁いを初めて知りぬ　連れられて菜の花畑を共に見しとき

羽根つけてムクロジの飛ぶ春ありき大空に子らの笑う声せり

新しき街を作ると壊されしビルの跡地に冬陽ふくらむ

「ロクいち」で画面に映るさみどりの風船唐綿(ふうせんとうわた)われ撮りし花

「ロクいち」……NHKの夕方の番組

咲き終えて土に消えゆく妖精の雪割一華にふたたび会わん

水あかり

水あかりに白鷺草の揺らめきてしばし心を解き放ちたり

巣籠りの我の味わう寂しさは閑暇の刑と呼びたきものよ

あたたかい土に目覚めてさみどりの葉をときめかすナズナハコベラ

楊貴妃の酔いたる姿に重ねたり濃きくれないの海棠眩し

咲き満ちて光に揺れる八重桜さくらもちの香はやも芳（かぐわ）し

うす青くけなげにシャガの花咲けり暮れ残る杉の木群の下に

幾千の鳥の羽ばたきあるごとく風に舞うなんじゃもんじゃの花は

しだれ咲くノウゼンカズラの花暗くこころ憂きまま夏は過ぎ行く

葉の縁(ふち)に露を結びて恋しさにお前も泣くや夜の吾亦紅

山裾に早苗植えらる田の面に茜雲あり子ら帰りゆく

サギ草は純白の羽根広げつつタデ原湿原を今飛び立ちぬ

石蕗の綿毛の飛びて知らぬまに我が家を訪ねてきたる黄の花

紅葉を映す湖その底に空のまほろばを隠していないか

うつむけるクリスマスローズ山肌に風を受けおりひとりしゆけば

夕凪の瀬戸内海は透き通りゆらゆらと魚は背びれうごかす

釣り上げて魚拓にしたる桜鯛父の喜ぶ顔の懐かし

燃え尽きて線香花火の消えゆくをほうっと寂しむ幼き子らは

亡き母の手紙の束をほどきたり一通ようやく夜の更けに読む

夫が捏ねし湯吞みに新茶注ぎたり　彼岸より声が聞こえるような

亡き夫の優しき声のみ思い出す時のフィルターという美化作用

ヴィオラ弾く人に請われてわが歌う「さくらさくら」よモンマルトルに

舌圧子

隠れ住む地下にいのちの灯をともし歌声合わすウクライナ愛し

会うことはなけれど亡夫（つま）に会うごとし共に植えたる椿の幼芽

わがうちに迦陵頻伽（かりょうびんが）を棲まわせて茜雲見る寂しき時は

大空に青、白、赤と流れゆく飛行機雲が誘うパリよ

十七の竹に奏でる笙の笛　天上の調べを仰ぎつつ聴く

アスファルトの罅の間に顔を出す黄のカタバミよ踏まるるなかれ

虎杖(いたどり)の雄花と雌花は離れ立つ寂しき仲よ風に揺れつつ

誰か弾く三線（さんしん）の音の聞こえきて森歩む我に美ら海（ちゅらうみ）広がる

アキアカネ見上げる空の彼方より我を呼ぶなり遠きふるさと

陽を受けてみずがね色にさざめける初冬の潮我には眩し

除夜の鐘ひびく延暦寺　赤らんだ裸足のままの修行僧あり

ホーホーとふた声に鳴く青葉梟（あおばずく）私のようで寂しく聞けり

コロナ渦に忙しくある眼科医の吾子の命も健やかにあれ

いつの日か笑いを交えて話すだろううがい手洗い数知れずして

慣れた手で舌圧子使い喉（のみど）診る医師の夫のまなざし懐かし

夫とありし記憶の庭に種を蒔く戦争の世に希望あれかし

後ろの正面

ひだまりのシロツメクサの上に寝て長し短し我のひと生（よ）は

膝を折り祈れるようにかまきりのひそみておりぬ合歓の葉陰に

脊振嶺の熊笹風にしらしらしらと夫と眺めし冬の日遥か

風に乗り小悪魔がくるこの春の杉の花粉にくしゃみ止まらず

瑠璃色に光るノシランを隠しもつ草叢は巨(おお)き宝石箱よ

紫の桔梗(きちきょう)の花はさびしくて夫なき家の庭には植えず

風吹けばさやさやと揺れ茉莉花は甘き香りす夫と植えにき

枯れすすきに寄生している紅のナンバンギセルは肩身狭かろ

唇に触れれば想いは温かし夫の湯呑を使う夕暮れ

はつかなる気配のありて甕に挿す白い侘助ぽとりと落ちぬ

蓬生の下に流れる忘れ水親しき友より音信のなく

古里の川の主のゲンゴロウ捕らえて遊んだ幼なき日々よ

散り終えし桜の木肌に触れたれば老いたる父の温もりを持つ

八百屋さん魚屋さんの消えゆきて今の子はできぬ買い物ごっこ

庭先に置き忘れたか竜の髭天に昇るに頬の寒かろ

竜の髭……庭の雑草

月影にわが人生を振り返る秋よ　後ろの正面だーれ

小さき虹

赤や金の水引草に迎えられ九重の秋に抱かれており

爆撃の火の手の上がるガザのまち涙をためた幼子愛し

漁火を目指してきたる魚（うろくず）は跳ねながら哀れ網に捕られて

ほのぼのと香りくるなり蔵人（くらびと）の思いを込めた新酒ふふめば

寒の夜の柚子湯に浸かりてガザ思う傍観のみの我は切なし

パンジーの花の名前のにぎにぎしアントワネットやドラキュラもいる

むらさきに烟るヒゴタイ懐かしくわが庭に植えて秋を楽しむ

隣り合う人の優しさ　貰いたる柚子を浮かせて湯舟に浸かる

湯気の立つおでん持ち来る隣人のありて和みぬわが寂しさも

つゆ草の青の遺伝子見事にも青き蘭となる三十年かけて

まだ食の乏しき頃に選ばれて我は健康優良児なりき

「ろくぶて」と可笑しみながら打ち合いし子どもの頃の手編みの手袋

レンギョウの咲ける狭庭に水蒔けば小（ち）さき虹立ちて春の揺らめく

ミモザの木

ふたたびは戻らぬ若さ恋がれつつスクワットする腰をかがめて

「酢味噌和えにどうぞ」と友にもらいたる菜の花五本小瓶に挿せり

ボタン穴掛け違いたる暁の夢を引きずり覚めても寂し

この街に春を知らせる木蓮の蕾を仰ぐうぶ毛かがやく

咲き終えて次々にまた咲くサルスベリ百日過ぎて秋風の中

丈高き枝上に咲くユリノキは孤高の花と憧れて見つ

老い人の心を支えるお笑いのテレビの中のはしゃぐ人たち

夕闇はさびしき庭に降りてきて遂に野ぼたんの紫を呑む

紫陽花に百の蕾が付いており　いつでも今日が一番若い日

千年の重みに耐えてはしきやし太宰府宮の連理の楠は

おびただしく赤き椿の落ちる道　過剰な愛の痛みのように

何処より瀬音聞こゆる旅の宿カジカの歌う声もひびきて

しろがねの波美しき春の海ボラの幼魚が跳ねているなり

酢じめの鯛、人参、たけのこ、椎茸の夫の愛したばら寿司作る

桜鯛に塩をまぶして焼き上げてうすくれないの春をいただく

うつむきて咲くオダマキの紫の憂いに似たり今日のこころは

初穂料を収めていただく太宰府の梅酒に孫の合格祈る

ひとり住む夕暮れ寂し鴉さえ嬬(つま)待つねぐらに急ぎておりぬ

春待ちて窓辺に植えしミモザの木幼き子らも巣立ちてゆけり

花あかり

我をただ一人の人といつくしむ人のなけれど夕星(ゆうずつ)の空

蕾からさわにさゆらぐ桜まで年毎にせし夫との花見

高笑いしながら凮は吹きすささび栗の実を落とす芒の野辺に

試験管見つめて過ごしし若き日よ夜更けの窓より星を仰ぎぬ

木造のラボの廊下に穴ありき白衣ひるがえし越えた日もはるか

今日もまた鶯のつがい来たるらし朝遅き我を窓辺に起こす

木蓮の白き花びら咲き満ちて明日は知らずも今日の青空

教科書のページを飾る大谷翔平に夢の風船子どもらは持つ

君と見し満天星（どうだんつつじ）の花あかり仄かにやさし私をつつむ

失敗に傷つき歩む日々もあり野道のシロツメクサが優しい

天穹にひばり飛び立つ朝七時まず背伸びせん桜も咲いた

背を割りてさみどりの羽伸ばしつつ蟬の子は発つはつなつの空

おおよそのことは見えきて人生の終わりに美(は)しき鐘を鳴らさん

解説　悲しみの底から歌い始めよ

桜川冴子

亡き夫が我に贈りし首飾り白珠(しらたま)ひと粒ひと粒選(え)りて

江森節子さんとの出会いは二〇一八年に遡る。私の勤務する大学の公開講座に短歌の受講生として来られた。最初の頃に提出された作品として私はこの一首を記憶している。自然が作り出す真珠の珠は大きさも色合いも光沢も様々で、その中から気に入った珠を選んで作ってもらうオーダーメードの首飾りであろう。真珠のひとつぶずつに込められた夫の愛情と、亡き夫を慕う作者の愛と、少女のような純粋な心が感じられる。作者は最愛の夫を失い、七十代半ばになってはじめて短歌講座の扉を開かれた。それから僅か六年、作者にとって作歌の時間がどんなに濃密であったか、作品からうかがい知ることができる。

薬液に穴の空きたる白衣着て実験に挑みし若き日のわれ
微かなる風にも揺れる天秤にこころして量る微量の劇薬
かの人の子供も孫も患者さん薬渡しし我が四十年
待ちわびる患者の顔の浮かびきて夫の訪問診療に随う
天ぷらは玉ねぎ烏賊が好みなり「衣がカラリだ」と褒めつつ食みぬ
愛された記憶は満ちて遠白く海のはたてに灯台浮かぶ
慰むる言葉なけれど朝あさに語る遺影の夫の和顔施
たまゆらに夫の姿の浮かびきて桜吹雪の中に消えたり
亡き夫を想えば風は頰を撫づ我も誰かの記憶に生きるや
亡き夫の優しき声のみ思い出す時のフィルターという美化作用

九州大学の薬学部は一九五〇年に医学部薬学科として創設され、一九六四年に薬学部として独立している。まもなくそこに入学された江森さんは、少ない理系女子で、女性が仕事をもつことや、人の命を預かる職を担うことに対して、とりわけ高い志をもっておられたのだと思う。二十代の若い女性がお洒落どころか、薬液で穴だらけの白衣を付けて実験に明け暮れている。「実験をせし」ではなく、「実験に挑みし」という表現に気概が表れている。二首目からは仕事に向き合う真剣さが伝わり、三首目からはクリニックも作者の人柄も地域の人々から慕われていることがわかる。病院が近くにあるからというだけでは、三世代に渡って人は通ってこないだろう。医療の質は言うまでもないが、医療に従事する人々の誠実さや愛情が、患者やその家族の信頼を得ているのである。四首目からは医師である夫と、それに随（したが）う作者の人間像を垣間見る。

　作者の手料理を食べる夫の「衣がカラリだ」という言葉が印象深い五首目は満足そうな笑顔が浮かぶ。作者は料理上手な家刀自であり、夫は褒め上手でもあっただろう。六首目以降からは、夫の亡き後の虚しさと悲しみが痛ましいまでに伝わる。講座で学んだり、先人の歌集の中で用いられている「遠白く」「和顔施」「たまゆらに」というようないくつかの言葉を、単に知識として知るだけでなく、自らの作品の中でうまく用いているところにも、作者の聡明さや歌に対しての一途さが出ている。

豊かな言葉のバトンを受け継いでいくという思いがあるのかもしれない。何れも一首の中で、心の寂しさと情景や場面が組み合わされている佳品である。十首目は知的で、共感性の高い作品であると思う。

賞味期限と消費期限を使い分けフードバンクの食料届く
七人に一人の子ども貧困のニュースの後のハロウィン虚し
頼られて三十人の飯を炊く子ども食堂に初雪の降る
老いの身に沁みる寒さよ献血を呼びかけて立つ雪の天神
老い人の心を支えるお笑いのテレビの中のはしゃぐ人たち

賞味期限とはおいしさの品質が保たれる期限であり、消費期限とは安全に食べられる期限のことである。一首目は、賞味期限を理由に市場に流通できなくなり、廃棄する前の商品がフードバンクから子ども食堂に届けられる現実を伝えている。二〇二三年、日本の子どもの貧困率は一六、三%で、七人に一人の子どもが生活に困窮している。先進国の中で最悪の状況である。派手な仮装で盛りあがるハロウィンが虚しく感じられると詠む二首目は、子ども食堂に携わる者の痛切な現場の声として深く心に届く。三首目からは、贅沢とほど遠い子ども達に、明日を生きるためのご飯を提供する姿をくっきりと描き出している。作者はこのようなボランティア活動を負担に思うのではなく、自らの生きる喜びに転換できる人だ。四首目は、献血をする人が少なくなる冬の季節、街頭に立って献血を呼びかける高齢の作者の使命感が胸を打つ。五首目は、テレビのお笑い番組を「老い人の心を支える」と詠んでいる点にはっとさせられる。そこには、医師としてクリニックを営む夫の傍らで、院内薬局の薬剤師として患者の不安や悩みに寄り添いながら、いろいろな話を傾聴してきた作者ならではの視点がある。社会と太く繋がるこれらの歌に、作者の生きる姿勢が表れている。誰かを支えて生きることの尊さがあり、社会の中で生きるとはどういうことなのか、人間の存在する意義を自ずから読者に問いかけているように思う。

千代紙を三角に折りし魔法船定まらぬ国の針路に似たり
満月を迎えるごとく仰ぎつつ月の利権の争い悲し
東欧に果てし命のおびただし向日葵畑を逝く雲がある

仕掛け折り紙の「魔法船」では、船の帆をもっていたはずなのに、目を瞑っている間に船の先をつかんでしまう。一首目は上の句を序詞的に用いながら、定まらぬ国の方針や、将来を危ぶむ思いをうたっている。二首目は美しい満月を仰ぎながら、月の資源をめぐって主導権争いをする世界の国の愚かさに目を向けている。三首目はロシア軍のウクライナ侵攻によって、命を失った東欧の死者を悼む。逝く雲は死者の魂であり、大地に懐かしい国花を描いたのは作者の優しさであろう。

アメリカを覆う日本の葛(くず)ありぬモンスター葛なんて呼ばれて
またの名を地獄の釜の蓋というキランソウ咲きて閻魔の休日
羽根つけてムクロジの飛ぶ春ありき大空に子らの笑う声せり

ゆうすげは君と見し花その色に月が浮かびて地球を悲しむ

作者は学生時代から山歩きをされて、野の草花を愛でてこられた。本歌集にはたくさんの植物が出てくるが、その中から四首を挙げておく。戦後の日本はアメリカに追従してきたが、一首目の「モンスター葛」は、日本からアメリカに進出して環境に悪影響を及ぼす迷惑な侵略的外来種である。知識と切り口の面白さで読ませる一首となり得ている。二首目にはユーモアがある。三首目はお正月の羽根つきの場面であるが、「羽子板の羽根が飛ぶ」ではなく「羽根つけてムクロジの飛ぶ」と詠む。作者にとって、あくまでも植物のムクロジの種子が主で、羽根は従なのである。四首目の「ゆうすげ」は、夕方になると黄色い可憐な花を咲かせ、夜があけるとしぼんでしまう山野草である。亡き夫との思い出を月に重ねながら、人間によって、戦争が起こり、環境汚染が広がり、温暖化に苦しむ地球に思いを馳せている。

我をただ一人の人といつくしむ人のなけれど夕星（ゆうずつ）の空

かつて「ただ一人の人」として夫に愛された作者の矜恃と寂しさが滲む。愛する夫はこの世にいないけれども、「悲しみの底から歌い始めよ」と、誰よりも温かく作者の背中を押してくれていたにちがいない。この歌集を読むと、その声なき声が聞こえるようだ。

あとがき

『ゆうすげ色の月』はわたしの第一歌集です。短歌に出会った二〇一八年から二〇二四年の六年間に作った作品から三百首を収めています。

十年前に夫が旅立ち、ひとり残されてさみしい身となりました。短歌を作ることで寂しい心の空白が埋められるのではないかと、六年前に福岡女学院大学天神サテライト校で開講されていた桜川冴子先生の短歌教室に入れていただきました。

何も分からない未熟な私が桜川先生に出会えた奇跡のような素晴らしい邂逅がなければ短歌を続けられなかったとわが幸せを喜んでいます。毎月、短歌を学び、作り続けていくうちに、やがて寂しさからの逃避ではなく、少しずつ感じたことなどを５７５７７という歌の器に載せられるにようになりました。まだまだ未熟で歌集にするなんておこがましいと思っておりましたが、このたび傘寿となり、桜川先生より人生の記念になると励ましをいただき、思いきって歌集を作ることにしました。

小さい頃から草花が好きで、九州大学薬学部の植物学の諸先輩と山歩きしながら薬草の名前や効用を学び、また小さな野草にも名前のないものは無いと教えていただきました。自然と植物の多い歌集になりました。

学生時代に出会った夫は医師として内科クリニックを経営し、私は院内薬局で薬剤師として四十年ばかり患者さんに薬を渡してまいりました。そのような歌もいくらか作ることができました。自分の人生の思い出を残すことのできる歌集ができたことは夢のようです。

歌集名は桜川先生に相談し、「ゆうすげは君と見し花その色に月が浮かびて地球を悲しむ」から決めました。歌集をつくるのは初めてで、ご多忙な桜川先生に選歌から解説に至るまで、諸々の温かいご指導をいただき心より感謝申し上げます。また、いつも優しいまなざしで私を見つめてくださっている歌友の方々に、これまでの浅慮へのお詫びとお礼を申しあげます。

出版にあたり、書肆侃侃房の田島安江様ほか皆様に大変お世話になり、感謝しております。

江森　節子

二〇二四年四月

江森節子（えもり・せつこ）

一九四四年　山口県に生まれる
一九六七年　九州大学薬学部卒業
一九七八年より夫の内科クリニックの院内薬局で四十年余り、薬剤師として働く
二〇一八年より短歌を始める。大学の公開講座、ＮＨＫカルチャー、朝日カルチャーの短歌講座で桜川冴子に師事。

医療法人理事、九州学士会理事、九州大学薬学部薬友会評議員、様々なボランティア活動に勤しむなかで、子ども食堂と関わる。ライオンズクラブ元会長。

歌集　ゆうすげ色の月

二〇二四年九月十二日　第一刷発行

著　者　江森節子
発行者　田島安江（水の家ブックス）
発行所　株式会社　書肆侃侃房（しょしかんかんぼう）
〒八一〇-〇〇四一
福岡市中央区大名二-八-十八-五〇一
TEL：〇九二-七三五-二八〇二
FAX：〇九二-七三五-二七九二
http://www.kankanbou.com　info@kankanbou.com

DTP　BEING
印刷・製本　シナノ書籍印刷株式会社

©Setsuko Emori 2024 Printed in Japan
ISBN978-4-86385-636-3 C0092
落丁・乱丁本は送料小社負担にてお取り替え致します。
本書の一部または全部の複写（コピー）・複製・転訳載および磁気などの
記録媒体への入力などは、著作権法上での例外を除き、禁じます。